MW01140157

JEAN DE BRUNHOFF

HISTOIRE de BABAR

le petit éléphant

Hachette

$\mathcal{D}$ans la grande forêt
un petit éléphant est né.
Il s'appelle Babar.
Sa maman l'aime
beaucoup. Pour
l'endormir, elle le berce
avec sa trompe en
chantant tout doucement.

Babar a grandi. Il joue maintenant
avec les autres enfants éléphants.

C'est un des plus gentils. C'est lui qui
creuse le sable avec un coquillage.

Mais un jour un vilain chasseur
caché derrière un buisson tire sur
Babar qui se promenait avec
sa maman ; le chasseur a tué
la maman. Babar a si peur
qu'il se sauve et court et
court sans s'arrêter...

Babar est sorti de la grande forêt et arrive près d'une ville.

Il est très étonné parce que c'est la première fois qu'il voit tant de maisons.

Dans la rue, Babar rencontre deux messieurs. « Vraiment ils sont très bien habillés. Moi aussi j'aimerais avoir un beau costume... »

Heureusement une vieille dame qui aimait beaucoup les petits éléphants comprend qu'il a envie d'un bel habit. Comme elle aime faire plaisir, elle lui donne son porte-monnaie.

Babar lui dit : « Merci, madame. » Et sans perdre une minute, il va dans un grand magasin.

Il trouve
très amusant
de monter
et de
descendre
dans
l'ascenseur.

Alors il

une chemise
avec col et cravate,

s'achète

un costume d'une agréable
couleur verte,

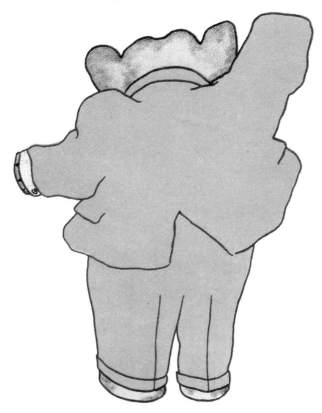

puis un beau chapeau melon,

enfin des souliers
avec des guêtres.

Babar va dîner chez son amie
la vieille dame. Elle le trouve très
chic dans son costume neuf.

Après le dîner, fatigué,
il s'endort vite.

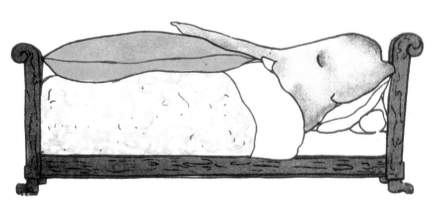

Maintenant Babar habite chez la vieille dame. Le matin, avec elle, il fait de la gymnastique...

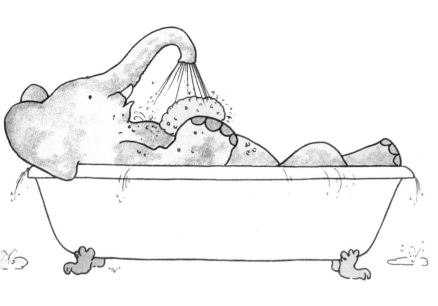

... puis il prend son bain.

Tous les jours il se promène en auto. C'est la vieille dame qui la lui a achetée. Elle lui donne tout ce qu'il veut.

Un savant professeur
lui donne des leçons.
Babar fait attention
et répond comme
il faut. C'est un élève
qui fait des progrès.

Le soir, après dîner, il raconte aux amis de la vieille dame sa vie dans la grande forêt. Pourtant Babar n'est pas tout à fait heureux : il ne peut plus jouer avec ses petits cousins et

ses amis les singes. Souvent, à la fenêtre, il rêve en pensant à son enfance et pleure en se rappelant sa maman.

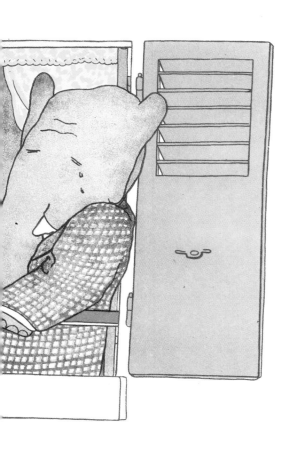

Deux années ont passé. Un jour, pendant sa promenade, il voit venir à sa rencontre deux petits éléphants tout nus. « Mais c'est Arthur et Céleste, mon petit cousin et ma cousine ! » dit-il stupéfait à la vieille dame.

Babar embrasse Arthur et Céleste.
Puis il va leur acheter de beaux
costumes...

... et les emmène chez le pâtissier manger de bons gâteaux.

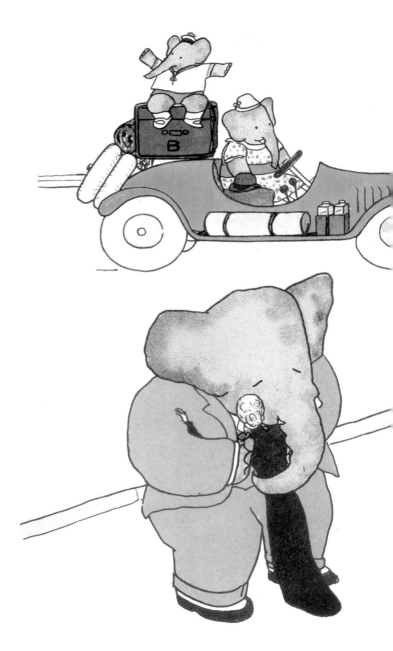

Pendant ce temps, inquiètes, les mamans d'Arthur et Céleste sont venues les chercher à la ville.

Babar se décide à retourner lui aussi dans la grande forêt. Il embrasse son amie la vieille dame et lui promet de revenir.

Jamais il ne l'oubliera.

Ils sont partis...
Les mamans n'ont pas
de place dans
l'auto, elles courent
derrière et lèvent leurs
trompes pour ne pas respirer
la poussière.

La vieille dame reste seule ;
triste, elle pense : « Quand reverrai-je
mon petit Babar ? »

Babar est arrivé dans la grande forêt. Tous les éléphants courent en criant : « Les voilà ! Les voilà ! Ils sont revenus ! Bonjour Babar ! Bonjour Arthur ! Bonjour Céleste ! Quels beaux costumes ! Quelle belle auto ! »

Alors le vieux
Cornélius s'avance
vers Babar
et lui dit
de sa voix
tremblante :

« Hélas ! Babar, juste avant
ton retour, notre roi a été
empoisonné par un mauvais
champignon. Il a été si malade qu'il
en est mort. C'est un grand
malheur. » Et Cornélius se tourne
vers les éléphants : « Mes bons amis,
nous cherchons un nouveau roi,
pourquoi ne pas choisir Babar ? Il
revient de la ville, il a beaucoup
appris chez les hommes. Donnons-lui
la couronne. »

Tous les éléphants trouvent que
Cornélius a très bien parlé. Babar
très ému les remercie et leur
apprend que pendant le voyage
Céleste et lui se sont fiancés.

Vive la reine Céleste !

Vive le roi Babar ! ! crient tous les
éléphants sans hésiter.

Babar a nommé Cornélius général.
Il demande aux oiseaux d'inviter
tous les animaux pour son mariage
et charge le dromadaire de lui
acheter à la ville de beaux habits de
noce.

Pendant les fêtes du couronnement

tout le monde danse de bon cœur.

La fête est finie. Maintenant tout
dort. Les invités sont rentrés chez
eux, très contents mais fatigués
d'avoir trop dansé. Le roi Babar et la
reine Céleste heureux rêvent à leur
bonheur.

Composition réalisée par C.M.L., Montrouge

Achevé d'imprimer par CLERC S.A.
18200 Saint-Amand-Montrond - N° 4386 - Juin 1990
ISBN 2.010.14626.3 - Dépôt légal éditeur n° 8961